공중산책

시작시인선 0224 공중산책

1판 1쇄 펴낸날 2017년 2월 6일
지은이 최윤정
펴낸이 이재무
책임편집 김연필
디자인 이영은
펴낸곳 (주)천년의시작
등록번호 제301-2012-033호
등록일자 2006년 1월 10일
주소 (04618) 서울시 중구 동호로27길 30, 413호(묵정동, 대학문화원)
전화 02-723-8668
팩스 02-723-8630
홈페이지 www.poempoem.com
이메일 poemsijak@hanmail.net

ⓒ최윤정, 2017, printed in Seoul, Korea

ISBN 978-89-6021-313-5 04810
      978-89-6021-069-1 04810(세트)

값 9,000원

*최윤정 시인은 대산문화재단 기금을 수혜하였습니다.

공중산책

최윤정

천년의 시작

시인의 말

눈을 감고 누웠다

빛의 망막에 고여 있던 풍경이 희미하게 옆에 눕는다

빛이 색에 가까워지는 시간,

선명한 가장자리를 가진 새들이 붉은 날개 퍼덕이고

설익은 목덜미 꾸물거리며 벌레가 햇살 속으로 파랗게
기어간다

햇빛을 등지고 서서 지켜본다

오목렌즈 가장자리를 꺾여져 지나가는 빛

이윽고 벌레와 새들에게도 후광이 생겼다

보다 입체에 가까운 시간.

차 례

시인의 말

제1부

제4부

해설

제1부 구석은 구름처럼 생각이 많아서

구석들 1

벽돌이 되지
구석이 모여
지붕이 되고

담벼락이 되지
물길 건너가다
죽은 새들이 되기도

물들어가곤 하지
회색에서 붉은색으로

＊

구석은 구름처럼 생각이 많고

죽은 새의 뼈를 불면 무슨 소리가 날까

불 붙지 못한 구석들

입을 뻐끔거릴 때마다

곰팡이꽃이 눈처럼 쏟아진다

*

죽은 새의 환영이 창틀마다 끼여 있다

놓칠 것도 던질 것도 없는 계절
물방울들 무겁게 떠 있고
걸음 멈춘 창틀이 간간이 늑골을 삐걱인다

꿈틀거리며 목을 타고 흘러내린다
구석마다 몰려 있던 구름들
등 곧추세우고

햇살에 흩어지는 먼지 사이
바람의 혈관이 붉게 부풀어 오른다
안부를 묻고 멀어지는 구름의 발자국처럼

*

여긴 여전히 빙벽

춥고 미끄럽다

다리가 퉁퉁 부은 바람은

무릎에 손을 짚고 참았던 숨 몰아쉰다

각각의 빙벽은 춥지만

둥글게 모이면 따뜻하지

손가락을 오므린다

무얼 담지?

구석들 2
― 밖에서 밖으로

사람들이 성냥개비처럼 흩어진다
자꾸만 흩어져 구석에 쌓인다
지하도 구석에서 건물 옥상 구석까지

막다른 골목길 구석은
달아날 곳 없고 찢을 것도 없다
긁힌 자리 진물 고이듯
이끼들끼리 모여 있다

바람이 제 그림자 물고 이끼들 밖으로 미끄러진다

*

혀끝이 뾰족해지는 계절
자꾸만 말이 헛나온다
첨탑은 구름을 찌르고 한 발짝 멀어지고

어디로 갈까 허기질 때마다
바람은 처마끝 잡고
길고 날카로운 고드름이 된다

심장이라도 파먹을 기세로

자그락 자그락

나무를 향해 몰려갔다 다시 미끄러진다

*

부서진 플라타너스들

맥박이 점점 빨라진다

구석에서 불어와

사람들 다리에 붙여놓고 간다

구석이 모여 허공의 숨을 견딘다

총알이 구멍을 견디듯이

바람이 바깥을 버티듯이

구두가 길을 깊게 들이마셨다가 길게 내뱉는다

구석들 3
—새와 아이

새 한 마리 날아와
창밖 키 작은 은행나무 가지에 앉는다
아이가 그늘에 앉아 나뭇잎을 빨고 있다

가지가 잠깐 휘청거리다
햇빛을 잡는다
잎들은 오소소 오소소 갈비뼈 부딪고

숟가락은 냄비 안에서 조용히 끓고 있다
슬프거나 기쁘거나

새가 날마다 은행나무로 날아온다
아이는 그늘에 앉아 나뭇잎을 빨고 있다

기차가 멈추고
눈동자가 멈추고

시럽이 될 것이다
흘러 내릴 것이다

구석들 4
―끼여 있다

테니스공 하나가 장미넝쿨 울타리에 끼여 있다
노랗게 굴러오던 웃음은 잿빛으로 말라붙어

사무실 책상 틈바구니에
비정규직 박금자 씨 이력서가 끼여 있다

열쇠가 뽑히지 않는다
회계장부 수납장 자물쇠에 꽂힌

뽑히지 않는 열쇠끼리
입술을 부딪는다

오후 세 시가 윙윙거리며 헛구역질을

구석들 5
—사적인 세계

당신과 내가 마주앉은 평상을 수놓는
검은 침묵들
모서리끼리 맞물려 있다

갈증은 둥글게 타오르는 벽이 되고
상실감은 까만 재가 되어
벽 안에 갇혀 있다

누가 벼랑이고
누가 구름일지
서로의 축축해진 이마를 훔쳐본다
햇살과 마주앉은 상처투성이 주름은
빛나서 수없이 부서지기도 했다는데

숨결은 서로의 시선 한 코씩 밟으며
감정의 쐐기 잡아당기며 팽팽해져 가는구나
지감指感은 갈 길을 잃고
난독증에 걸린 듯 떨고 있구나

비상구 없는 내용과 형식 속에서

평상의 감정이 머리칼 풀어헤친다
평상은 잠시 끈적거리는
당신과 나의 사적인 세계

기도를 한다
포석은 가장 낮고 진한 빛으로
검은 돌에게

시작은 감감했지만 끝은 분명할 자리
꽃잎이 비명을 지르며 사방으로 날아오르고
날아오르는 눈빛 사이 벌 떼들이 떠 있다

외곽은 멀고
돌아갈 집은 없구나
구부러지는 오후의 등뼈 너머 납작해진
종이상자가 된 느낌

판을 깨기엔 늦은 바람이 분다
잠금장치가 풀린 총구 앞에서
부서질수록 단단해지는 물방울이 되는 느낌

햇빛과 바람을 삼킨 주렴의 숨결이

삼베 보자기마냥 평상을 덮어간다

구석들 6
―가장자리

불보다 깊어지기로 했다
사이를 두고

주변이 된다
측면이 되어서
차분하게
모가 둥글어질 때를 기다린다

걸어가다 멈춰서서
비출 게 없다는 걸 알아차렸을 때
잡고 있던 손을 놓았다

불꽃의 흔적까지 감싸안는
불빛의 가장자리 희미하게 번질 때

길가 코스모스가 고개를 들 것이다
새가 긴 날개 접었다 펴는 순간
신들의 부활처럼

구석들 7
―발효

달이 제 그림자 깔고 앉아
물 위에서 산란한다

밤이 닫힌 눈을 열고
연못을 쓰는 사이

달의 알을 물고
빛 부스러기가 수련의 다리를 타고 내려간다

잠수를 한다
잠 못드는 수련을 데리고
얼굴이 잠수를 한다

얼굴은 발효되지 않았고
물속은 차다
이가 딱딱 부딪힌다

밤이 잠든 사이
못물이 밤의 입술 밖으로 천천히 미끄러진다

밤의 입술 사이

빛이 고물거리며 묻어 있다

구석들 8
—빙산을 보러 갔다

귓속에 박혀 있던 돌이 사라졌을 때 주머니 속 잎새가 뻣뻣해질 때 삼각형을 삼킬 때마다
핏방울 조각들 간격을 유지하며 한 뼘씩 움직일 때 정문과 옆문 사이에서 그대가 계속 헤매고 있을 때

달궈진 자전거 고무 서서히 식어갈 때 마음이 공중을 짚고 물구나무 설 때 어깃장 쌓아 올리던 그림자 너머 발가락 아픈 새들 울음 소리 공중을 부빌 때 솔잎이 수평선에 걸린 햇살 꾸러미 손가락 끝으로 가리킬 때

저수지 건너가다 코로 만든 음표 놓칠 때 구름의 검푸른 머리칼 물속으로 무겁게 잠겨갈 때 튕겨진 음표가 코끼리 심장 콕콕 찌를 때 뿌리째 축축해진 마음이 손바닥 펼쳐 보여줄 때 상처가 곪아터진 상처 마주할 때 뿌리가 그림자에게 말 걸을 때 손가락 구부려 그대가 녹슨 입꼬리 매만질 때

구석들 9
—잠시 수평선이 될까요

주전자 뚜껑을 밀어올리던 찻물도 미지근해지고
간절기 눈빛이 되어 물컵을 옮깁니다
물수제비 뜨듯 숨가쁘게 텀벙거리던 순간들
탁자에서 탁자로 물자국을 옮기면 기억도 흐릿해질까요

초침에 찔린 수포가
물살을 떨며 쓸려가는 저녁
귓불을 부비면 울음을 그치던 아이처럼
저 멀리 수평선이 놓여 있습니다

올록볼록 빛이 맞물려
잎새 그늘마다 스며가는 숲 속
꺾인 가지마다
녹슨 쇠구슬 구르는 소리

울음이 썩은 모과의 무게로 흙 속에서 뭉개지면
바닷속 묻힌 귀마다 붉은 수초가 무성할까요
꽃잎들 갈비뼈 세며
부서진 서랍 밖으로 발 뻗는 저녁

축축한 그늘의 뒤척임만큼 귓바퀴가 저립니다
귓불을 부비면 금세 잠들던 아이처럼
무구한 수평선이 될까요

정점을 놓치고 끊어진 포물선들
모여서 저물까요
절벽을 잇는
저녁의 손목이 될까요

가지끝 잎새가 채널을 돌릴 때마다 하늘은 지직거리고
햇살이 목도리도마뱀처럼
포플러 나무를 뚫고 어둠 속으로 달아나는 저녁

구석들 10
―빛의 행진

플라타너스 나무 아래 빛의 생채기들
낮게 깔리는 햇살 행렬을 따라
낯선 구름 허밍에 발 맞춰
행진이 시작되고 있다
점점 굳어가는 나뭇가지에 앉은 바람으로부터
빛의 소실점을 향한 배고픈 날들

집시처럼 뭉둑한 손끝에서는
모래알갱이들 와르르 쏟아지고
무너지지 않기 위해
스크럼을 짠 손끝에서는 자꾸
모래거품 일고, 넘어졌다
일어서는 라마의 무릎
잠들지 않는 잇몸 꿈틀거리는 강물 속으로
차고 단단한 바위 되어 떠간다

잠들면 오래 꿈을 꾸리라
노을 몇 잎 떠다니는 강물을 배경으로
웃고 있는 바위
부르튼 입술 닿일 듯 말 듯

입맞춤 하는 직박구리 꿈

밤의 이편과
저편 이으며
밤의 그림자 벗어난 물소리
바위 갈라진 가슴 가득 스미고

직박구리 부리에 물린 모래 한 알
희미하게 빛난다
잃어버린 행성처럼

바위의 심장이 낮게 포물선을 그린다

새벽을 가르며 몰려오는 은피라미 떼
탐조등 품고 잠든 밤의 꼬리 들어올리고 있다

제2부 뽑히지 않는 열쇠

슬픔의 부력

방구석에 유리창이 방석을 그리는 동안
스티로폼 막대 같은 팔을 붙잡아
가디건에 끼운다

끓인 구기자를 입 속에서
톡톡 터트리자
잠긴 상자가 바닥을 치며 솟구쳤다

가까운 것들은
멀리서 왔고
굴러서 저녁은 딱딱해진다

햇살이 뿌리는 즙을 마시며 자랐다
서서히 퇴적층이 되어간다

                      *

명도를 알 수 없는 귓바퀴들
파도를 넘고 넘는

바닷물을 마시다 보면
자연스레 공중을 바라게 된다

입에서 날개가 파닥거린다
부표가 솟구칠 때마다
어깨가 움찔거렸다

물살이 팔을 뻗어 뱃머리 잡는 순간
찢겨진 날개가 날아올랐다 떨어져

서서히 퇴적층이 되어간다

*

평상은 비스듬히 모래를 짚고 서 있다

부표가 움직일 때마다
휘파람 소리가 들렸다

멀리서 물이 입술만 달싹이고 간다

선잠에서 방금 깬 공기가 다가가
귓바퀴에 슬은 녹을 핥고 간다

*

눅눅한 모래는
눅눅한 모래끼리

달빛이 지워질 때까지 둘러앉았다

모래를 쓸며
구석에 쌓여가는 저녁
굴러서 점점 딱딱해졌다

저녁을 빠져나간
손톱이 스티로폼 조각과 함께
빠르게 물살을 넘어간다

오늘은 뜀틀을 넘을 수 있을까?

나무 아래 다리를 포개고 남자가 잠들어 있다
씨앗 하나 떨어진다
비밀처럼 남자의 귓속으로

소년의 귀가 자라 모자를 찌른다
스카이콩콩을 타고 온다
뜀틀은 3단, 뜀틀이 도약대 앞에서
콧구멍을 발랑발랑
명투성이 무릎을 구부렸다 편다
넘으려다 말고 음파음파
심호흡을 한다 물 한 사발 들이켠다

달팽이집 속에서
영감이 붓기 남은 눈을 감고 잠이 든다
영감의 잠은
짙푸른 귀의 그늘 속에서
고요한 무화과 속살이 되는 것

온몸 가득 음계가 다른 음표를 달고
자갈이 날아와 춤을 춘다

소년이 까맣게 멍이 든다
입을 가리고 눈을 가리고
소년이 뜀틀 냄새 쿵쿵대는 사이

3단은 5단이 되고 아뿔싸
콧구멍만 더 크게 벌렁거리며
남자가 콩콩
모자 속 반으로 접힌 귀가 도약대를 구른다
자갈은 빗물에 퉁퉁 불어 있고
남자는 맡는 중, 노래 부르는 중, 넘어지는 중

남자가 주머니에서 자갈을 꺼낸다
긁으면 소르르 모래 알갱이들
소년의 가장자리를 긁을수록
목젖은 더 가렵다 퉁퉁 부어오른다
모자 옆에서 모람모람
모래산이 부풀어 오른다

검푸른 가시를 만지며 남자가 울음을 터트리지만
휘발된 울음에는 그림자가 없고

실루엣도 없다

패를 뗀 새처럼

영감의 발목이 어디론가 얇게 굴러간다

모자 밖으로

귀가 사뿐거리며 펼쳐진다

공중산책

물거품에 씻기운 잠
사금파리에서 쏟아지는 빛

새가 수면에 발끝을 스치며 날아간다
저녁 햇살이 깃을 치며 날아오른다

살풋, 서로의 속눈썹을 잠그고
잠은 미열의 꼬리처럼 내 품에

일요일 공중을 산책 중이다
나는 발을 닮아가는 구두가 된다

발자국은 긴 건반이 되고
서늘해진 부리가
다가가서 한 입씩 물고 간다

모래를 털며 온다
저릿한 손과 발을
지그시 누르며

솜털을 부비며
빨랫줄에 널린 흰 손수건
핼쓱해진 잠의 뺨 위로 포개진다

때로 먼 이역의 행성에서
모호하게

튀어 올랐다 떨어지는 공처럼
발 밑에서 저수지가
솟구쳐 올랐다 떨어진다

수탉시계가 우는 저녁

자작나무 숲 속
체첵의 머리에서 쇳가루가 쏟아진다
새울음 소릴 내며 굴러가는 흰빛을 따라갔지만

수탉시계 앞에서 시를 쓰면
비밀이 완성될 거라고 했니?
새울음이 나와 나무와 나무 그늘을 초대하는 저녁
체첵의 눈동자 닮은 검지손톱만 한 갈빛 사마귀 하나
앞머리칼 속 물방울처럼 맺혀 부르는 노랫소리

각설탕이 부서지는 시를 쓰죠
굳어버린 식빵처럼
엄마 아빠 아직 돌아오지 않았지만
쿠크두들두 수탉시계가 두들두 울 때마다
수프를 엎지르죠
수프는 미지근한 깃털의 잠 부르곤 하죠

바람이 게워낸 초원의 구름들
무성한 숲 속, 발뒤꿈치 들고 살강살강
손짓하며 떠가는 흰빛 따라갔지만

비밀이 완성되지 않아도

잠 잘 자는 겨울

체첵의 사과빛 심장처럼 깜빡거리며

시계 울음에 맞춰 접시가 울곤 해, 두들두들

쓰다 말고 두드리다 말고

곤히 잠든 머리칼

넘어진 시계의 마지막 초침 소리, 춤을 춘다

나무와 나무 그늘이 머물다 간 바람

새 울음소릴 내며 손 맞잡고

쇳가루춤 춘다

페이스트리 굽는 새벽

한 겹은 버터
한 겹은 밀가루 반죽

김이 오른다
가시 박힌 사막여우 눈빛이 밀어 올리는
밤의 눈꺼풀 속 메마른 꽃잎처럼
캄캄한 물음들이 부서져 떠가는 세계

벽돌과 벽돌이 몸 부딪고 부서지겠지
가루가 떠다니는 저녁의 입구
모두가 떠나고 없는 닫혀진 문들
리듬과 춤을 잊어버린 물고기들처럼
방향을 잃은 것들끼리 엉겨붙어 폐허로 명명되는

익어간다, 노릇노릇
물안개 풀어지는 수요일 새벽
빛의 웅웅거림 속에서
첫차를 타고 가는
창명한 꽃잎이 된다
환상 한 겹과 현실 한 겹이 맞물려

수백 개 눈동자가 유리면에 생겨난다

꽃의 속살이 뜨겁다
버터보다 반죽보다 차가워지기 위해
숨소리는 점점 흙색으로 진해지고

불가피한 꽃이 겹을 낳는다
말로써 입술이 생겨나듯
불가피한 궁금이 얇게 구부러진 틈을 낳는다

주름진 날개가 펼쳐져 방 안 가득
천천히 원을 그린다
불길한 냄새 속에서
멀미하듯 한 겹씩 풀어지는

겹과 겹들의 망설임 사이에서

소행성 1

푸른 반점 번지는 책
그늘만 골라 피는 꽃

다리 난간에 기대고 서서
눈으로 축축해진 첫잎을 펼친다
푸른빛 더듬어 간다

뽑히지 않는 열쇠

손을 잡고 선 연인들 다가가
물 속을 들여다본다

구름이 물의 계단을 걸어간다
사뿐사뿐 다가가
귓속말로 뽀글거린다

새벽은 머리칼 적신다
물 밖으로 천천히
검붉은 가시를 뻗는다

아름다워서

점점

끈적이며 감감해진다

소행성 2
—색실이 간다

내가 쓰다 버린 조각을 모아
바느질을 한다
우연히 맞댄 조각이 잠든 비버의 형상을 하고
꿈을 꾼다 갈색 털이 길어진다
야광 이빨 번뜩이며 밤을 달린다

비버가 내 목을 감고
전나무 숲을 지나
쉬폰케익처럼 부드럽고 촉촉하구나
달빛은 바퀴를 멈추게 하고
강물은 발가락 사이 물집 감싸 안는다

태우다 버린 조각엔 깃털 냄새가 나고
귓속까지 까매진 배추 인형
타다 만 반쯤 남은 머리칼로 웃는다
공깃돌 만지며 비버가 따라 웃는다

공중으로 걸어간 발자국들 보이지 않고
나무껍질 가지러 간 사이
발뒤꿈치 걷어올린다

희부윰한 모래언덕을 지나

구겨 던진 조각엔 생강 냄새
새똥 냄새, 좋아
휘발유 섞인 물이끼 냄새
태양풍 휘감긴 나무 냄새, 좋아
삶아 빨아도 빠지지 않는
그 냄새에 불 지르고 싶은 저녁

촛불을 돋우고
조각이불 귀퉁이에 그려진 별똥별
가장자리 따라 삐뚤빼뚤 색실이 간다

무거워진 불빛 밀려와
구부리고 잠든 비버의 이마를 짚는다
사금파리 조각이 발톱 근처 부러진 이빨처럼 널브러져
있다

내 몸속에 산양이 있다

콘솔의 안과 밖으로 휘어진 곡선은
벼랑 끝 서 있는 산양의 다리

유려한 것은 요요燒燒한 걸까
먼지만이 떠다니는 정적에 갇힌 채
구석을 삼킨 불안한 얼굴로 복도 한가운데 서 있다

긁힌 자리를 걸레로 닦는다
속살의 맥박이 서서히 가빠진다
그 어떤 색깔과 맛의 날개도 없이
다리가 물기로 잠시 반짝인다

산양의 다리는 내 몸속 빛 바랜 복도를 빠져나가는 곡선

하늘이 보이는 산비탈 오르는 중일까
바위틈 끼여 비명을 지르고 있는 걸까
흐르는 물 위에 떨어진 핏방울이
꽃잎으로 피어나는 순간을 놓치고

가슴 털은 피범벅으로 쩍쩍 갈라졌겠지

벼랑을 미끄러진 숨이
물속을 곤두박질쳤을지도

무릎을 꿇고
걸레질한다
이건 내가 가장 편안해하는 자세

소행성 4
—마주르카 숲속 도롱이 벌레가 별똥별에게

금빛 왕관 구름 지나가도 쳐다볼 틈 없어요
태어나면 곧바로 집부터 지어야 하니까요
바람보다 투명한 실을 뽑아 민망한 데부터 가리고요
풀잎 커튼 드리워진 너와집 한 채쯤
혼자서도 뚝딱 지을 수 있죠

달빛 골짜기 설탕 샘물이 흘러넘쳐도
흠뻑 들판을 적셔와도 집밖으로 못 나가요
그 누구도 집안으로 들일 순 없죠
흙먼지 사이를 폴폴 날아다니다 수컷들
심심해서 데굴거릴 즈음이면 문앞에서 잠깐

역시 역사는 대개 문 앞에서 이뤄져요
배꼽무늬 살짝 내밀고 죽음을 허락하는 순간
첫사랑을 내밀고 죽을 날개가 있기는 할까요?
우리의 3000개 알이 부화하는 순간
추락하는 꿈으로 눈뜨는 아침이면
실안개로 짜여진 은빛 날개들 사방을 에워싸겠죠

길이 아무리 꿀처럼 반짝여도 내겐 날개가 없어요

알 속에서 꿈꾸던 바깥 세상은 따스했지만
엄마의 3001번째 자식으로 살아가는
이곳은 여간 추운 게 아니예요

거미줄에 대롱거리는 집을 바람이 툭툭 건드릴 때면
빨리 자식이라도 낳고 뛰어내릴까 봐요
바람은 이런 절 보고 있으면 자궁이 뻐근해진대요
물혹이 자라는 기분이랄까

막막하면서도 기뻐요 구멍 뚫린 좁은 집이지만
죽지 않을 만큼 갉아먹을 차나무 잎새와 이끼가 있으니
까요
끝간 데 없이 쭉쭉 뻗은 길 한번 밟다 죽는
생각 밖으로 비가 오네요
혼자 늙어져 오솔길 따라 가는
그런 벅차게 쓸쓸한 날이 오기나 할까요

새피리에 새 구멍이 났다 1

울다 지쳐 잠든
신생아의 살내음으로 온다

파종破腫된 어젯밤이 자라
거즈를 적시는 핏방울 점자가 된다

빛의 시선이 바뀔 때마다
조금씩 부서진다
바람이 투덜거리며 점자의 그림자 읽고 간다
구름이 고개를 끄덕거리다 간다

그해 봄 그 방엔 야맹증의 거미가 살았고
거미줄엔 먼지 한 줌만이 다소곳했다

어제는 삼베 냄새가 났다
슬프거나 기쁘거나 배고프거나
미지근한 물에 잠기는 잠을 부른다

축축해진 새 발자국 따라갈 때나
공중 숲을 거닐 때

잠은 구멍을 부르곤 한다

무릎을 적시는 쑥 냄새
바다를 건너가던 구름의 발자국 소리
흩어졌다 물끄러미 모여 서 있다

뜬금없이 울고
실없이 웃고
허기진 배가 부르다

새피리에 새 구멍이 났다 2

빛이 쏟아져 내린다
숨이 품었던 별들이 쏟아져 내린다

못물이 끓는다
말라가는 꽃잎이 끓는다

흙속에 얼굴을 묻고 서 있는 나무의 숨
숨의 그림자가 물살에 미끄러진다
찌가 움직인다

붉은 망막을 찢고 꿈틀꿈틀
구멍 속에서 잠이 젖는다
서서히 얼굴이 녹는다

얼굴은 사라져도
손톱은 살아서
밤새 못물을 만지고 있다

못물이 손톱을 핥는 사이
바람에 찌가 쓰러진다

그림자가 움직인다

못물에 그림자 새겨놓고
공중의 목책을 만지며 간다
조금만 걸어도 숨이 가쁘다

전부

풀릴 줄도 모르고
킬킬거리는 머플러
세모 네모 비스듬한 무늬들 사이
꼬불꼬불 저녁 안개 지나갑니다

꽃잎이 지워져가는 찻잔 매만지다
저녁은 짓무르며 달콤해지는 복숭아 조각이나
송곳니 자국으로 남겨지고 싶을지도

차가운 젓가락 스칠 때마다
가볍게 어깨 떨곤 합니다
청포묵은 검은 접시에 앉아

체책이나 미미에겐 줄무늬 돌멩이
강아지가 전부래 그럼 식탁은?
불 꺼진 전구가 켜지길 기다리며
의자를 부르고 물컵을 찾으면
포크가 숟가락 곁으로 자리 옮기듯
식탁에겐 식탁의 전부가 있을 거야

접시에 고였던 빛이 희미해지는 순간
식탁의 가슴을 쓸어내립니다
표면에 얇게 긁힌 자국들
패여져 깊게 짙어진 것들 가까이
물컵과 물자국이 함께 머물 때까지

뭉근히 끓고 있는 토마토 냄비
뚜껑에 찍힌 손자국을
뻐꾸기 시계가 지켜보며 섰습니다

침묵에겐 빈 접시 물기가
말라가는 순간이 전부일지도

울기 위해 방문을 나서는 뻐꾸기에겐
지금이 전부인 것처럼

소행성 8
—실비아가 마그리트에게

나를 붙들어 매줄 그림이 필요해요
팔과 다리를 잡아줄
몇 개의 못과
몇 개의 판목이 필요해요

부력의 가벼움 재워줄
내 몸에 꼭 맞는 감옥
자물쇠도 필요해요 꿈틀거릴 수 있게
뒤주보다 크되 덤프트럭보다 작은
물방울은 아니고 절벽은 더욱 아닌
희미하게 쌓여가는 먼지의 방

그 안에서 꿈꾸는 것들은
칼금이 새겨진 모서리 촘촘한 각뿔
꼭지점 삼키며 자라는 날개가 되고

먼지의 침묵을 베끼는 구름의 입김
물이끼 냄새 풍기는 빈 궤짝이 될 거예요

나는 페달과 바퀴 달린 바람이에요

숨겨진 행성 M으로 줄행랑치고 싶은
이마와 발등을 화폭에 거둬줘요

제멋대로 비틀어진 손가락 발가락
굳기 전에 걸어줘요 어서요
길고 선명한 선들이 필요해요

파적破寂의 물감은 없어도 괜찮아요
흑백의 문을 닫아줘요

뽑히지 않는 열쇠는
그냥 두고 가세요

귀는 손을 먼저 재우고

설거지를 끝내고 나니 새벽 한시 반
물기를 닦고 자리에 눕는다
수고로운 손이 가장 먼저 잠들고
귀는 오늘도 가장 늦게 잠들겠지

제자리 지키는 지붕의 숨끼리 부대끼던 소리
풀잎에 가려진 바람의 발소리
새카만 양은냄비 바닥 긁는 소리
골목길 철커덕거리던 칼 갈아요, 외침까지
귀는 베갯머리 기대고 앉아
소리들 한 다발씩 썰고 있다

사람들과 어제 주고 받았던
몇 개의 거짓말과
몇 줄의 반성이 펼쳐진다
도마 위에서
거짓말과 반성을 탁탁탁
채근과 기도를 송송송

귀는 상상의 손전등에 불 켜고

좁고 길게 감긴 동굴이 된다
거리를 떠돌던 혼잣말도
사람들 희미한 발자국에 섞여
차가운 바닥 너머를 꿈꾸는 밤

곤하게 잠든 구름 안고
잠귀의 칭얼거림과 팻말의 잠꼬대로 가득찬
동굴 속 어둠을 산책한다
소나기 꿈이라도 꾸듯 어둠을 떨며 웅크리고 있는
작고 푸른 깃털, 깨우지는 않았다

예민하지만 투명하게 빛나는 귀야
풀잎보다 깊은 잠
이제 불러 볼까?
상상의 불 *끄고*
귀야, 푸욱 잘 자

수련의 잠

한낮의 그녀가 하얗게 졸고 있다
튀튀는 연못 위에 벗어놓고
반쯤 내민 이마는 아래로 살짝 떨궈놓고
수련睡蓮, 수련修蓮

발끝을 간질이던 금붕어가
튀튀의 벌어진 이음새를 살짝 물었다 놓는다
그녀가 잠든 사이 입어보기라도 하려는 걸까
입술로 수면에 튀튀를 그린다
금붕어가 시침질하는 그녀의 잠은
수면을 긋는 춤처럼 가볍고

빛이 쉼 없이 자맥질하는 물 속
둥근 잠

물 밖의 나는 알지 못한다
숨의 깊이는
뿌리 끝까지 닿아 있고

간밤에 수중발레를 숨어 보던 두꺼비가

눈꺼풀에 입맞춤하는 것도 모른 채
영원히 깨어나지 않을 듯
빠쎄passe˙ 자세로 서서 잠든 그녀

˙ 한 다리로 서는 발레 동작.

제3부 살살 옆에서 옆으로

상어는 이제 한 마리밖에 안 남았어

외롭니?
붉은 해바라기와 파도를 벽에 그려놓고
넘어질 듯 그녀가 의자 모서리에 걸터앉는다
뾰족한 입으로 밀크세이크를 쪽쪽
믹서기 칼날은 그녀의 꼬리지느러미를 닮았다

빗물 고여가는 오솔길 혼자 걸을 때
상어, 상어
입술에 흰 거품 묻히며 그녀가 하는 말
내게도 한 조각만, 상어 상어
빗방울이 유리창 미끄러지며 하는 말

살 냄새와 두근거림까지 다 맡은 표정으로
그녀가 이쪽을 보고 있다
물어뜯기는 말다툼 사이
그녀의 등지느러미가 꺾였다

바다를 찾는 듯
고등어빛 꽃병 속 바닥을 살핀다

*

내겐 네가 상어,
나뭇잎이 기공을 열고
빗방울 귓바퀴에 속삭이는 말

상어를 먹어봐
그녀가 내게로 다가선다
파도에 입 맞추며 하얗게 하이파이브를 외칠 때처럼
먹잇감의 심장박동 소리에 흥분한
이빨 사이 흐르는 물살의 속도로

상어를 먹어봐,
바닥과 처마를 잇는 빗줄기 보며 딱새가 하는 말

아주 잠깐 동안
별이 뜨고 달이 뜨고
상어, 상어
살살 옆에서 옆으로 움직이고
살살 옆에서 옆으로 스쳐가고

언제 다시 만나지?
꼬리지느러미가 살짝
무릎에 닿았다 멀어진다

*

빗길을 달린다
부서지고 싶니?
썩고 있는 상어의 목을 감고
넓고 긴 물속 어둠을 걸어봐,
거미가 공중을 미끄러지며 하는 말

마지막은 비오는 안면도가 좋겠어
그녀가 고개 숙이며 했던 말

막차를 놓치고
바짓단에 묻은 흙을 털어낼 때
상어, 상어
아주 잠깐 동안

달이 지고 별이 지고

나뭇잎, 나뭇잎

살살 옆에서 옆으로 포개지고

살살 옆에서 옆으로 부서지고

소행성 3
—움직이는 상자

손이 상냥한 그녀가
손을 흔들며 다가선다
달빛 셔벗을 먹을 때처럼
환하고 달콤해진 나는
귀를 쫑긋
그녀가 귀를 옆으로 늘려본다

그녀가 퐁당퐁당
늘어진 귓속에 빠트린다
그녀의 주머니에 수북하게
끝도 없이 반짝여서 귀가 먹먹하다

귓불이 이슬 맺힌 나비 날개라도 된 건지
손가락이 치켜들고 다가선다
손가락이 상냥하고 심심한 그녀가
위아래로 잡아당길수록 축축해져

마치 불빛이 어둠에게 건네주는
작은 상자 같아
그만 이대로 주저앉고 싶어져

뚜껑을 열다 말고 눈을 살풋,

잠든 척을 한다
풍덩풍덩, 그녀 무릎에서
물소리가 난다

솟구치는 줄무늬 치어들
물굽이를 넘고 넘어
수런거림 가득찬 뗏목 타고 가는
귀가 잠깐 찌릿, 하다

그는 바다를 다녀왔다고 했다

귀가 아픈지 귀를 만진다
유리병 뚜껑이 안 열릴 때처럼
낑낑대며 미간에 길이 난다

나는 두 팔을 벌려 위아래로 허공을 젓는다
한 철만 만나자던 약속이
만 장도 넘은 이파리 달고 서서
밤바람 속으로 붐빈다
나는 한시 반
두시가 되면 난 다른 사람

문자를 보았다 오후 세시에 발견된
그는 오전 열시에 있었고
수족관에 고인 물이 될 거라고 했다
문자 사이 눅눅해진 소금 냄새가 났다

칠일이 지나면 지구 반대편에 있을 거라고
피시식 반쯤 꺼지며 타들어가는
파도 소리
휘청, 가판대 쪽으로 넘어오다 중심을 잡는다

모래알이 귀 밖으로 굴러나온다
당신은 두 시를 넘은 사람
머리를 갸우뚱거릴 때마다 모래알이
달팽이관에서 내 어깨 쪽으로 흘러내린다

수족관에 불이 꺼지고 반쯤 남은 물이 그를 본다
들꽃 묶음 같은 찬사나 꽃받침만 한 기약도 없이
금세 비에 젖었다
거품 가득찬 경계 너머를 꿈꾼 적 없이
무성한 이파리를 위한 식탁

두 시가 되면
난 다른 사람
당신은 두시를 넘은 사람

　옆에서 등지느러미가 찢겨진 그의 등을 가느다랗게 쓸
어내린다
　등에서 검붉은 소금 알갱이가 굴러 떨어진다

　초침은 물의 걸음으로

같은 궤도를 그린다

초록 우산에 관한 감정

물컵 바닥에 묻은 얼룩을 지운다
시침과 분침이 공중에서 갈라지듯
수염이 짝짝이로 길어지는 기분
꼬리지느러미가 얇게 길어지는 기분

구부러진 손잡이를 잡는다
손가락에 힘을 줄수록
몰아치는 비릿한 냄새
눅눅한 침묵을 사이에 두고
철봉을 미끄러지는 손가락의 기분

점점 바깥이 된다
그를 써도 비를 다 가릴 수 없고
그를 펴도 맘을 다 말릴 순 없겠지
점점 물체가 물컹해지는 시간

골목길 담벼락을 기어오른다
자세를 바꿔볼까
입술이 투명해진 담쟁이 넝쿨
흠뻑 젖은 북극성이

손을 잡고 빙그르르 돌리면
다시 자란 물방울이 춤추곤 해

푸른 계단 입구
파인 자국의 손잡이를 잡는다
곤줄박이 울음소릴 내던
살이 만져져
……셋 넷 다섯……

발끝이 곤두서게 되는 걸
빗방울이 낯선 창틀에 잠기는 순간만큼
차가운 물컵에 발을 담근 양파의 기분

자세를 바꿔볼까
빗물 잠재우며 솟구치는 풀잎의 기분

넵튠

돛단배 한 척
둥근 나무판 위에 떠 있다
시침과 분침 사이
신의 닫히지 않는
눈동자가 꽂혀 있다

공중을 달린다
세 시를 향해 달려간다

세 시는 붉게 타들어가는 장미
모래알과 물방울이 약속한 시간
절벽을 빠져나간 발톱
당신과 내가 마주할
세 시는 둥근 탁자

공중을 달린다
성산聖山을 향해 달려간다

당신이 붉은 벽돌가루 같은 눈물 흩날릴 때
목덜미 열고 죽은 새를 꺼낸다

귓불을 얇게 부빈다
돛이 찢긴 돛단배 한척
귓불이 발갛다

공중을 달린다
심장이 펄럭이며 달려간다

나는 죽은 새를 안고 가는 밀물
끊임 없이 갈라지는 물방울
당신은 모래알
죽은 피를 머금고 바닥을 구른다

세 시의 성산에 다다르면
난 파란 구름
당신은 꺾인 십자가
탁자에 꽂혀 있는 칼

부푼 씨앗
푸른 수의를 향해 달려간다

● 영화 「성산」의 한 장면.

이석중

매미 떼가 몰려다니며 운다
분명히 왼쪽이었는데 오른쪽에서 운다
고개를 숙이는 사이 내가 왼쪽 너머로 밀려난 거다
울음의 울울창창에 쫓겨난 거다

버드나무 머리칼이 헝클어지고
헝클어진 계단들이
열쇠를 잃어버린 서랍들이
땀에 절어 바닥을 나뒹굴고 있다
왼쪽에서 바람이 불어와
오른쪽으로 머리칼을 넘긴다
오른손으로 머리칼을 왼쪽으로 넘긴다
다시 헝클어진다

구부러진 길모퉁이를 돌아서면
검은 가방을 들고 네가 서 있을 수도 있겠다
줄자를 펴서 구부러진 등이 서 있는
골목의 길이를 잴 수도 있겠다
네가 내게로 떼어놓을 발자국의 갯수와
네 뒤통수가 사라질 지점의 시간까지도

바람, 공기, 숨, 허공…….
잡히지 않는 것들은 모두 매미 울음에 섞여 있다
땀방울 맺힌 나무의 형상으로
꿈꾸듯 성큼성큼 다가서는 연인들

울음의 메아리가 비음의 소프라노로 코를 부빈다
멀어지는 것들은 모두 매미 울음에 섞여 있다
귓속이 끓어넘친다

날개와 구름바퀴 담벼락에 그려놓고
뒷골목 귓바퀴 돌아
그림자 길게 멀어져간다

창 너머 짜장면 같은 빗줄기 하나둘씩 걸어오고 있다

짜장면을 시키기로 한다
뽑히지 않을 검은 반점 같은 짜장면
먹기로 한다 빨간 안경이 그리운 날

창밖엔 물풍선이 날아다니고
누가 짜장을 입가에 더 많이 묻히나
내기 하며 먹던 짜장면
두 젓가락까지는 짜장맛이었다
세 젓가락부터는 목을 넘어가지 않는다

뿔테 안경의 까만 스타킹처럼
흘러내리는 면발, 젓가락 사이로 놓친
그녀의 얇은 다리를 본다
엉겨붙은 기억 한 음절씩 떼는 순간
물컹하게
명치끝이 쓰라리다
부풀어진 목젖은 결국 두 젓가락 만에 돌아앉는다

도무지 비워지지 않는 그릇
신문지에 싸서 아파트 복도로 옮긴다

엎드린 하늘은 온통 지루한 회색빛
봉합되지 않는 무덤을 덮은
신문지 날아가는 소리가 내부의 벽을 칠 때쯤
다시 명치끝이 아파오고

짜장면을 시키는 일은 없다
짜장면은
물 안과 물 밖 가로지르는 굴절된 시간의 솟대다
몸 안과 몸 밖 가로지르는
굴절된 시간의 물음표다

감정의 시차

수족관 바닥은 제 등뼈 드러내 보이고
넙치가 배를 깔고 엎드려 있다
당신의 몸을 빠져나오는 순간
모든 것이 낯설다
낯익은 미늘 앞에서 뜯겨지는
비늘의 감정

그의 수염이 굶주린 음지 이끼처럼
턱 아래서부터 번져오르는 것
붉어진 토마토의 얼굴이 쭈글쭈글
웃으며 굴러가는 것이 낯설다
수초가 증발한다

유리창 틈으로 빗줄기가 나를 만진다
그는 상한 생선 같은 말들을
내 머리꼭지에 한 트럭 쏟아붓고
술 취한 어깨 흔들며 골목을 돌아나간다

끈적이는 말들이 비늘 모양으로 바닥에 재배열된다
카드놀이처럼

담요를 뒤집으면 처음으로 돌아갈 수도 있겠다
생각이 두더지처럼 자꾸 튀어오르기도 하지만

그가 골목을 다 빠져나가는 순간
보도블럭 이 빠진 자리에서 삐끗하는 발목
비 그친 블록 틈새 고였던 빗물 세례에
종아리가 차갑다
등꽃의 시선이 낯설다

소나기가 백련의 몸에 수차례
검푸른 금을 긋고 갔다
물거품 삼킨 백련의 눈꺼풀이 차르르 감기는 순간
트럭 뒤로 이어지는 골목 따라
비린내가 창궐할 것이다

코피리

호랑이 이빨 가슴에 꽂고 달려간다
코가 입보다 순수하다고 믿는
하와이 사내, 킨타스
대나무 피리 들고 간절한
그의 그녀 곁으로 달려간다

야자수 그늘 아래
코의 숨 불어넣는 벌거벗은 킨타스
그녀의 붉은 무릎에 바치는
사랑의 세레나데

피리구멍 쓸고 나간 물결이
반얀나무 잎새를 흔든다
손톱보다 작은 구멍으로부터
부풀어오는 고요

아침 바다는 무릎을 곧추세운
청혼의 자세로 떨고 있다
정오를 흐르는 코코넛 과즙

배꼽 아래 혹은 발 아래

바퀴 문양의 마그마로부터 번져오는 소리

모든 소리의 문 닫고

코의 숨만 허락하는

세상의 중심에서 들려오는 소리

한 사내의 뜨거운 콧김

바다를 굴러가는 머나먼 피리 소리

섬의 폭포마다

소용돌이 춤 추게 하는

설탕이 녹는 저녁

달이 해를 뉘여놓고
저녁이 살빛 설탕으로 부서질 무렵
모래는 잠시 촛불이 된다
바람의 행방을 더듬어 길을 낸다

고양이 발톱이 허공을 할퀸다
그녀의 사랑은 반투명 셀로판지
사막의 필름은 끝없이 감겨가고
안전선 밖의 일들은
모래를 삼킨 바다와 숲에서 일어나고

모래알이 손가락 사이로 흐른다
선인장의 절룩거림은 멈추지 않고
도마뱀 가면을 든 그가 이쪽을 보며 서 있다

지붕을 뚫고 창문 옆구리 터지도록
설탕가루 쏟아지는 저녁

부러진 손톱을 묻고 찢겨진 가면을 덮어도 답은 없다
설탕 그물 아래

그녀의 얼룩진 가면들이 찬 숟가락으로 엎드려 있다

밀림을 달리는 그의 심장
사자의 굶주린 갈기털이 울부짖을 무렵
해의 꼬리가 바스락거리며
안전선 밖 바다를 감아올린다
심장의 갈기털, 조금씩 녹이며
빛 부스러기들이 달을 향해 이륙한다

밧줄처럼 묶였다가 풀어지는 길 따라
달콤한 빛의 질량을 뿌리며
꿈 꾸는 것들은 설탕 가루로 흩어지고

닫힌 성문 위로 눈을 감고 말이 없다
달의 옆얼굴이 북극성 쪽으로 일그러져 있다

길에게 세 발짝 먼

말이 조금 빨랐다
소낙비 송곳질에도 입술 꼭 다문 수련 같은 너를 앞질러,
눈먼 새에게 모이를 주고 네가 물통을 씻으러 간 사이
어색하고 불크레한 하늘이 바람에 씻긴다

지키지 못한 약속처럼
자전거 바구니에 담긴 대파가
눈을 찌르며 지나간다
그 뒤를 따라 불분명한, 명명되지 못한 색깔의 빛 덩어리
내 앞을 비껴간다 잡힐 듯 잡히지 않는

어제의 숲으로 가는 길은
눈을 감아도 고드름처럼 빛나지만
오늘로 돌아나가는 길은
고양이가 굴리고 물어뜯다 만 털실
자꾸만 끊어지고 헝클어진다

흩어지는 길에게 한 발짝 미안하다
내가 네게 세 발짝 모자라듯
내가 내게 두 발짝 멀다

등을 보이며 가을이 옥수수 잎새 사이로 흩어진다

물통은 네 손마디처럼 뭉툭하고

눈이 아픈 새는 문을 열어도 새장을 떠나지 않는다

소행성 6
—감감

서서히 열린다
덧니 보이며
비밀 서랍

서랍에 대롱거리는
개구리빛 포탄들

잠긴 서랍 아래
길고 검은 햇살의 머리칼 친친 감고
제 온몸을 읽고 있다
빈 바구니다

붉은 자물쇠

손잡이를 잡아당긴다
감감해진 혀
서랍이 서서히 닫힌다

소행성 5
—타조 주유소

서걱이는 바람 아래
햇살 서너 평 끌어안고 서 있다
하얀 눈썹 수평선 보일 듯
말듯 눈시울 가물거리며

야생의 갈기털이
구름 한 조각 따라나섰다가
길게 휘날리는 길을 잡는다
하이힐이 바다 한 두름 찾아 나섰다가
옆으로 굽을 눕힌다

목 언저리에서 목 축인다
깊게 갈라진 발바닥 그을음이
매미 울음 소리로 휘발되는 동안
심장은 점화를 기다린다
밀물 되어 출렁인다

*

물의 심지는 보이지 않지만

이곳에서 그곳은 멀지 않다
당신이 내 귀에서 멀지 않듯
타조 귓속을 파고드는

햇살 한 움큼
소라 냄새 맡으며 잠시
나무 두 그루가 연인이 되어 서 있다

모래의 발걸음으로 사각거리며
내가 당신에게 다가가고 있다
검은 고양이 옆구리가 종아리 훑으며 스쳐가듯
휘발유 적신 당신의 심지가 내게 다가오고 있다

*

길고 좁다랗게
빛의 물길 열리는 그곳

지금쯤 개망초 꽃대들 제 속에서
부서지는 발자국으로 바람에 떨고 있을 것이다

벗어둔 왕관이 더욱 숨차게 빛나듯
범섬의 숨소리가 가파르다
절벽을 건너온 모래바람을 살구빛 바다가 부른다

잠에서 깨어나

예고 없이 사라지는 것들로부터
빨갛고 작은 두드러기는 온다

슬픔과 비명 소리
비명이 묻히고 간 피를 기억해내며
공중에서 잠을 깰 때가 있다

수면 주사를 맞고
위내시경 검사를 받고
지키지 못했던 약속들을 떠올리며
잠에서 깨어났다
기억의 구석은 볕이 들지 않아
까맣게 묻히거나 비어 있었다

잡초가 무성했다
잡초를 뽑고
입술에 담배 한 개비 물려주었다
연기가 가지 뻗듯 넘쳐 흘렀다

슬픔이나 비명 소리 같은 것들은

구석에서 뻗어나온 거미줄로 남아
감각 없이 바람에 날린다

동상에 발가락 잘려나간 당신이
남은 발가락 문지르듯
남은 날들 문지르다
구석처럼 가슴 먹먹해질 때

따슨 햇빛이 지나가도
남은 그늘은 구석에만 머물러 있을 때

예후는 말해주지 않았다
빨갛고 작은 물혹만 몇 개 가지고 있다

하늘을 보며 그네를 탄다
아무 생각이 나지 않는다
멀미나 노을과 함께
저녁이 제법 쓰릴 때가 있다

제4부
바라는 것과 바랄 수 없는 것들 사이에
집게벌레가 있다

소행성 9
―곁, 곁이라면

모래의 책을 펼치자 바람이 분다
소녀가 웃음가스를 마시고 잠든 사이
소년은 둥글게 몸을 말아 굴러갈 준비를 한다

그들이 사건을 재구성할 때처럼
핵심은 사건 속에 있지 않고

발가락 사이에 발가락이 끼인 채 소년은 쥐가 났다
밤사이 엎질러진 말이 공벌레가 되어
빠르게 굴러간다
귀 없는 구름 속으로

*

차가운 식물의 아침을 펼치자 바람이 분다
소녀는 둥글게 몸을 말아 사라질 궁리를 한다

모서리를 떠받치는 허공의 입 속에서
말라붙은 잎사귀의 잎맥이 된다

물살의 잠꼬대를 모르고
물길의 출발선을 몰라도 괜찮다고
메마른 콩껍질의 눈빛으로
그들이 손으로 입을 가리고 웃을 때
유리병 가득 담겨진 콩들은
바깥이 보여서 더 답답해진 걸까

본적 없고 주소지 없는 구석처럼
혀를 내밀고 핥을 지붕조차 없는 밤공기처럼
복면을 쓰고 지나가는 고양이 눈동자, 핵심은
사건을 바라보는 망막의 중심에 있겠지

                    *

초침을 붙잡고 밤이 밤새 떨고 있다
바람이 분다

핏자국 끈적이는
상심의 지퍼를 열면
쏟아지는 눈빛들

소녀와 소년과 밤, 바람이 분다
중심이 물 쪽으로 쏟아지는
구름이 된다

구름의 말을 품고서
질리지도 잘릴 것 같지도 않게 촘촘히
보푸라기 피고 있는 밤의 어깨 감싸고 서서
셋이서 곁이라면

수평선 너머
어깨 걸고
물이 걸음을 옮긴다

그건 마치 날개 무늬 읽기와도 같았지요

비스듬한 종이 빗장을 풀고 나자
생각보다 멋진 일 따윈 일어나지 않았다
손가락만 저릿했다
기포가 개구리밥이 되는 사이
수련의 뺨이 수척해졌다

주머니 속 돌멩이는
빛을 잃을 때마다 진하게 납작해져갔고
구슬이는 어제도 남동생 손가락을 깨물었다

보내야 할 때 보내지 못하는 표정에
검푸른 이끼가 번졌다
절벽이 되고 있는 남동생 정수리에
엄마는 쌀을 뿌리고 소금을 던졌지만
이끼가 식탁과 벽에서도 얇게 눈을 떴다 감았다

의자가 세 번 부서지고 나서야
햇빛이 비춰도 마르지 않던 이끼들이
남동생을 데리고 방을 나섰다

문틈을 기웃거리는 비스듬한 잠자리 날개를 보았다
저수지 물빛이 더욱 진하게 납작해져갈 때쯤
읽히지 않는 무늬만 잠깐씩 마당을 맴돌다 갔다

고독이 눈 쌓인 길바닥에 발자국 남기듯
오빠는 집과 멀어질수록 깊어졌다

죽었을까? 살았을까?

한밤중에 울음이
죽은 울음을 매만지고 있다
미끄럼틀 옆에서
쭈그리고 앉아

핏기가 가신
수평선 울음 소리는
박자가 없고
기울기가 없다

날개가 삐딱하게 자리잡은
벌레를 소리도 없이 갉아먹고 있다
불빛은 버려진 목장갑 근처 서성이며

얼룩덜룩 모자를 놓쳐버린 더듬이는
더듬이가 지은 가사를 읊조리며 다문다문
길 나선 코끼리 생각을 했다
죽었을까, 살았을까, 죽었을까?
코끼리는 코끼리가 만든 음표만 집어삼키며
버려진 모자 생각에

쓰레기 더미 앞에 멈춰 섰다

준비되지 않은 노랠 부를 때의 어색하게
찡그려진 길이 간헐적으로 발자국 옮긴다
죽은 울음 삼키며
집과 반대 방향으로 자라고 있는
어둠 속 더듬이 멈칫거리며
바닥이 찢겨진 종이컵이 비탈을 굴러간다

바다를 걸어온 상아빛 울음이
축축한 모래 틈에 박혀 있다

경야經夜

건져올려진 뱃머리 너머
그들 사이로
번져간다
숨 쉬는 것조차
잊어버린 채

벽과 벽을 잇는 파이프 관을 빠져나와
대처로 몰려가던 물소리
어둡고 둥글게 펼쳐져 간다

달이 빛부스러기를 모아 만든
술잔 주거니 받거니
이승과 저승 사이에 끼인 서리꽃

어깨 걸고 떠 가는 빈 배들

∝

새벽 광장에서 떨구는
불의 침,

그들 손을 잡고
울음마저 삼켜버린 불꽃

심해로 가라앉는 별똥별
창백한 꼬리가 녹아 푸른 물결이 되는

바위와 물이 맞닿은 지점
잠시 머무르고 사라지고

달빛은 밤새 물속을 헤매 다닌다

명암이 포개져 서로를 만지는 세계

$$\infty$$

길거나 짧게 덮여가는
바위틈 이끼 쓰다듬는 새벽 잠

틈에서 빠져나와
서풍은 바다를 건너간다

백지를 적시며 타종 소리
사방으로 뻗어간다

바다와 빛의
수많은 공기로부터 자라난 입술

기러기 떼
윤곽을 가늠할 수 없는

모서리들

고양이가 되었다
언젠가의 당신들이 되고
모르는 상자가 될 것이다

손금의 안쪽
이끼 낀 어둠
그 속에서 제자리 걸음이 된다
나도 모르게 북극성 쉰 목소리를 닮아간다

초록은 초록인 채로
운석이 되고

운석공을 가슴에 묻어서
먹구름은 자주 쿨럭이는 건지

발목에 거무죽죽 거즈를 감은 고양이
철문에 기대고 선 불빛의
바깥을 스치며 지나간다

골목을 골목이게 하는

체온을 가늠할 수 없는
누군가의 시선

경계하며 서로
선명하게 손금이 되어 지나가는

바람의 손을 잡고

그녀의 얼굴에는 손잡이가 없다

버튼도 없이
젖었다 마른 두루마리 화장지마냥
현관문 앞 휠체어에 그녀가 앉아 있다

생의 거대한 혓바닥을 덮고 있는 백태
청동 햇빛이 꽂힌다
빳빳이 펴본 적 없는 등으로
오후의 미지근한 물살을 밀어 화단에 닿는다

그녀의 등지느러미가 암초를 더듬는다
지난 가을 모과를 떼어낸 그녀의 허리에서
생가지 불쑥 튀어나와 바람의 손을 잡는다

죽을 뻔한 순간의 그림자가 물음표의 고양이 꼬리로 스
쳐가고
어디 갈 데라도 있다는 듯 바람이 앞장선다

공기는 모자이크된 연분홍 꽃잎으로 자욱하고

각질이 벗겨지다 만 굽은 등 떠민다
죽음의 냄새는 숙변처럼 꾸물꾸물 다시 기어오르고
가슴 주변을 돌아가며 피부병처럼
비비탄 총알은 돋아나 흰 띠를 만든다

그녀에게도 손 내미는 봄날
새떼의 물결, 날개 찰랑이며 노을 저편으로 밀려간다
그녀의 손톱 같은 표정도 한 겹씩 밀려갔다 밀려온다

어깨 겯고 서서

놓친 표창이 살 속 깊숙이 박혀서
뼈가 되고 피가 된 건지
뼛속 머물던 바람의 젖꼭지마저
이젠 딱딱한 피가 되었다지

유빙들 멈추어 선 모래사장 가득
희미해지는 시선들
낯설어지는 빛무리

멀어진 쇄빙선 바라보며
좁혀진 간격들끼리 부대끼며
저녁의 말갈기들은
제각기 다른 각도로 나부낀다지

아무것도 아닌 순간은 없다고
끈끈한 어깨끼리 부딪혀가며
잔금, 잔금들
송곳이 되어가는 문장

망각의 옷섶을 여민 시간

바늘끝 다가가 콕콕 찌를 때마다

맨몸으로 견디며
물결치며
어슴프레 민낯의 불을 켜는
필라멘트, 필리멘트

바래진 해바라기 꽃잎이
메마른 흙냄새 맡는 심정으로
범나비가 섬을 향해
신주하던 날갯짓으로

이따금씩 숨 쉬어가며

코발트, Cobalt

무릎 틈 살얼음이 부서진다
절벽은 절벽끼리 칼빛으로 돌아앉았다
칼집을 버리고 나선
칼끝은 물속에서 더욱 날카롭겠지

절벽을 부딪고 가는
바람의 눈썹산이 날카롭다
정해진 건 아직 아무 것도 없었지만

숨죽인 것들은
숨죽인 것들끼리
구석을 부비고

캄캄한 시간의 점막
찢으며 꿈틀거린다
빗물에 씻기운 종기의 침묵
푸르게 벌판을 덮어간다

물 밖에서

깃털을 말리는 물까마귀들
속아주며 속울음이 구역질하듯
가지는 다시금 꽃잎들 떨구겠지만

숨 죽은 것들은
숨 죽은 것들끼리
공중을 부비고

어둠 속 금간 담장을 머무는 달빛
혀 끝에 쓰다
머물 곳 찾아 머뭇거리던
벌레들, 사그락사그락
구석이 구석에서 포개지는 꿈 밖

공중이 자주 꿈틀거린다

소행성 7
—국자가 꽂혀 있는 봉분

캄캄한 얼굴을 데리고 감춰진 밤의 구멍 속으로 걸어간다

봉긋하게 솟은 바람의 붉은 입술 잎맥을 훑고 벗꽃 가지 그림자 흔든다
모래알 뒤덮인 왼쪽 뺨이 축축하다 그늘진 저수지 검은 달을 닮아간다

오른쪽 뺨이 빛난다 수련의 잎맥이 빛난다 오른쪽 뺨이 계단을 오른다 북극성을 향해 빙그르르 돌아간다
별 하나씩 움직일 때마다 모래알들 신음 소리, 바람의 그늘진 뺨이 빛난다

일곱 개 별 하나씩 작은 얼굴로 건너올 때마다 죽음의 강 건너갔다 돌아오는 빛들
목탁 소리가 빗방울로 스며오는 스님 말처럼 그녀를 지켜주던 어둠들, 탁발 스님이 점을 한참 들여다보다 미소 지으며 가실 때까지 창밖 계수나무 잎새도 몰랐다는데

눈 언저리에서 시작된 점을 따라 꼭지점 네 개를 돌면
턱까지 자로 잰 듯 국자가 그려진다

미완성 밤하늘이 그녀 얼굴 가득 펼쳐져 있다

뺨에 흐르는 눈물 받아내라고 국자 하나 놓인 걸까 전생
에서 이승으로 이승에서 후생으로 물병 가득 한숨인 듯 꽃
수레 가득 돋은 잎새인 듯 굴러오는 저 얼굴들
숙명이라기나 운명이 둥둥 떠도는 그녀의 얼굴은 별들
의 유언이 적힌 검은 봉분, 낯설은 묘비처럼 국자 하나 꽂
혀 있다

매듭 풀린 별이 촛농처럼 서쪽 하늘을 흘러내리고 산봉
우리가 잠시 환해진다
창가에 앉아 혼잣말 하는 얼굴에서 좌르르 모래바람 쓸
려간다

삼각형 퀼트 1

뿌리를 보여주지 않는다

문 없는 새장
흰 뼈만 앙상하게 이어져 있다

소녀의 손을 잡고
길가에 주저앉은 노파처럼

물통도 깃털 한조각도 보이지 않는다
이승과 저승을 잇고 있는 길처럼

적막하게 구부러진 공기가
희부윰한 길과 길이 벌린 틈 안고 있다

　　　　*

죽음이 선반 위에 놓여 있다
창가에 불 꺼진 초처럼

창문을 열고 길 나선다

비스듬히 기울어진 고개 들고
선인장이 모래빛 날개를 편다
가시가 없다

펼쳐진 적막과 적막 사이에서
뭉게구름이 된디
새장에 머물던 길처럼
실핏줄 푸르게 번져가는 층계 너머
공기의 틈 비집고 공중사막을 걸어간다

                    *

손가락이 리본 양끝을 잡아당기자
송곳니가 삐뚤거리며 다가온다

점박이무늬, 줄무늬, 격자 무늬
분홍, 청록, 하늘, 노랑, 연두
선인장 가시의 잠 매만지는 소녀의 손가락처럼
파스텔 송곳니는 뾰족하지만 다정하다

버려진 천 조각이 모여 세모가 되고
세모가 모여 동그라미가 되었다
죽음이 색과 무늬로 세상 모든
직선을 곡선으로 바꾸듯

찢겨진 소쿠리 발끝에 놓고
담장에 기대고 잠든 노파와 소녀가
곡선의 날갯짓으로 다가가서 다감하듯

색과 무늬로
적막의 틈 메우고 있다

방백

여백이 된다
동상의 옷자락 녹슬어가는 사이
넘어진 의자가 잠잠한 광장

곁에서
지워져간다
과즙이 촘촘히 여물어가는 사이
바싹 마른 나뭇잎 한 장

옆이 아닌
곁이라서
기쁘고 슬픈 구름
뿔 달린 방백이 된다

슬픔의 밑바닥엔
생강즙, 백동전, 잘려진 전선
시멘트 바닥을 끌던 슬리퍼 소리……
당신이 먼 곳 바라보는 사이
탁자에 남겨진 물자국 지워지는 사이
망각의 입구에 낮달이 걸렸다

짊어진 모래 부려놓고
눈꺼풀 닫고 바람은 광장을 지나
잠꼬대 속으로 길게 굴러간다

엉겅퀴 무덤숲 지나
당신의 독백과 독백 사이
버섯은 한 칸 더 자라나 있었다

심봉이 보이지 않을 무렵
찰흙은 밤사이 잘 여물었다

바라는 것과 바랄 수 없는 것들 사이에 집게벌레가 있다

빛바랜 조화가 기대고 선 무덤 쪽으로
가지가 길게 구부러졌다
시선을 구부리듯 할 수만 있다면
뻣뻣한 혓바닥을 뒤집어놓고 싶다

각질을 긁다가 피가 났다
끈적거리는 손톱에 햇빛
물 밑으로 꿀렁 가라앉는 느낌에
불그스름하고 딱딱한 막이 생겼다

지렁이를 만지다가 피가 났다
기다려도 막이 안 생겨서 풀잎을 덮어주었다
풀잎을 밀며 지렁이가 간다 비틀꿈틀
수평선 곁을 지나 반대쪽으로

수박 속껍질 같은 구름은 수평선에
턱을 괴고 잠잠, 상어빛 슬리퍼가 옆에서
침묵의 적절한 체위를 묻지만
알 수 없을 만큼 맑은 초록의 눈빛
이대로 누웠다가

축축한 밤바람에게 곁을 줄 것

가시가 선명해지는 각도쯤에서
잠잠한 구름을 심은 정팔면체가 되어볼까
몸 속 푸른 물 증발하기 전
빨대를 꽂아볼까

짧고 검게 미끄러지는
손톱들, 붐빈다
무성한 숲이 될 때까지

긴 그림자 놓치고
잠 못 드는 모래바람 곁에서
잠자는 가시 혹은 돌기

슬픔의 빈틈

슬픔의 전구에 불이 꺼졌다
그림자 사이를 벗어나
침묵이 재채기 하면

촛불도 가늘게 꺼졌더랬다
줄무늬 돌멩이에 마지막 바램을 모조리 써놓고

구멍난 구름이 간격을 맞추며 굽이친다
방파제를 미끄러지는 물거품은
담벽에서 바스라지던 금 간 전구를 닮았다

슬픔의 전구에 불이 켜진다
뿌리까지 싸늘해진 시간의 손가락
바스라져 한 칸씩 사라져 가고

반복되는 점화에서 벗어나
침묵이 속눈썹 부비면
시간의 발꿈치 잡고 깜빡깜빡

구근의 마을을 비가 적신다

구름이 가까워 몸이 흙을 밀어내고
설익은 돌들은 길 나서는 꿈에 젖는다

곤하게 잠든 돌멩이들

심장과 심장 사이에서
썩어가는 수국 냄새가 났다

소행성 10
—궤적

침착하게
눈발이 끌고 가는 불길한 시간은
잡히지 않는 수많은 나와 당신을
공중에 새겼다가 금세 지운다
창문이 없는 집을 다섯 걸음 앞에 지어놓고
눈꺼풀 끔벅거린다

놓쳐버린 별의 뒤편으로
어둠은 긴 망토자락 펄럭이고
말들의 잿더미 앞에서 밤새
초조한 그림자들

순록은 순록의 입김으로
눈발을 밀어내며 서 있다
꺼지지 않는
불안의 조각들이 펼쳐진 어둠은
몇 겹 더 희끄무레하고
몇 겹 더 어슴프레한데

마음이 끌고 가는 수레바퀴는

꽃밭 수십 개
무덤 수천 개
저수지 수만 개 신고
먼 곳으로부터 다시 먼 곳으로

마음을 사로잡는 길고 짧은 뿔들
공중수풀 속 이마만 내밀고 있는
독버섯 푸른 돌기들
점점이 떠가는 수많은 손톱 자국들
불안이 기억하는 흑백 속
숨었다 펼쳐지는
모르는 모서리들

기척도 없이
빛이 묵었다 가는
허공 속으로 푸럼 푸럼
숨찬 시간의 분진 뿌리며

운석처럼
끝없이 펼쳐지는

미농美膿을 스치며 간다

모래 발자국들 찍혀 있는
낮달 가장자리 희미하게
불이 켜진다

빛의 정교精巧

장은정(문학평론가)

1. 낮의 빛

　시를 쓰는 자의 마음에 대해 생각한다. 언어를 골라 문장을 만들고 행갈이 혹은 연갈이를 하면서 쓴 것을 다시 읽고 지우고 또 다시 쓰는 일에 대해 생각한다. 그것의 의미에 대해 자문하다가, 문득 이런 의문이 시를 쓰는 일이기에 가능한 일임을 깨닫는다. 일상을 꾸려가기 위해 필요한 생활의 요소들에게 일일이 이런 의문을 품지 않는 것과는 대조적으로 시를 읽고 쓰는 일에 대해서는 구태여 그것의 의미를 질문하는 것이다. 그것은 아마도 해야만 하는 일, 하지 않고서는 살아갈 수 없는 일상생활과는 대비되는 층위에 시를 놓기 때문이리라. 그러나 시를 읽거나 쓰지 않으면 살아갈 수 없는 자들도 있지 않은가. 굳이 고단하고 서글픈 삶의 일부를 할애하여 책상 앞에 앉아 언어를 고르고 문장을 짓고 한 편을 완성하는 자의 마음이나, 그런 시들을 읽기 위해 일부러 마음을 단정하게 정리하는 자들이 있는 것이다. 자고 일어나면 반드시 물 한 잔을 마셔야 하루가 제대로 시작된다고 믿는 사람이 있다면, 시를 지어야 삶이 제자리에 겨우 놓인다고 여기는 자도 있다.

그러니 시를 일상의 영역과 대립되는 자리에 놓으며 오래 의미를 부여해온 비평의 관습을 잠시 벗어나자. 사람을 살아가게 하는 것은 매일 아침의 물 한 잔만큼이나 시 한 편이기도 하다는 전제 속에서 시를 읽는 일은 조금 다른 태도를 요구한다. 물 한 잔이 육체라는 물질의 층위에서 어떤 도움을 주는가를 즉각적으로 이해하는 것과 마찬가지로, 한 편의 시 역시도 물 한 잔과 같은 것을 다만 다른 영역에서 다르게 해낼 뿐이라고 당연하게 전제하지 않을 수 없기 때문이다. 그러나 그것은 무엇일까? 시 한 편이 우리 삶의 어떤 갈증을 잠재워주는지를 명시적으로 말하는 일은 그리 간단치는 않다. 최윤정의 시집 『공중산책』을 접한 독자는 가장 먼저 제목에 대해 궁금증을 품게 될 것이다. 흔히 공중은 마치 새들처럼 날갯짓을 해야만 머물 수 있는 곳이다. 그런데 이 시집은 공중에서 날아가려는 것이 아니라 걷고자 한다. '날기'가 아니라 '걷기'가 가능한 공중이란 어디인가.

잠깐의 우회로를 거치자. 본질적으로 시인은 시로 말하는 자이겠으나, 시집에서 유일하게 시가 아니라 '말'로서 발화할 수 있는 대목이 있다면 그것이 바로 '시인의 말'일 것이다. 시가 아닌 말일 때, 그 말을 하는 자는 시를 짓는 일을

적극적으로 삶에 들인 자, 즉 삶을 살아가는 자의 목소리임에 틀림없을 것이기 때문이다. 그런데 그 목소리가 빛 속에서 눈을 감는 일에 대해 말한다는 것은 무슨 뜻일까. 물론 눈을 감는 일에 대해서는 읽어온 시들이 있다. 흔히 시는 눈을 감을 때 비로소 열리는 세계, 일상을 낮의 영역에 비유한다면 시는 밤의 장르로 이해되곤 했던 것이다. 그런데 이 시집의 시인의 말에서 중요한 것은 빛 속에서 눈을 감는다는 점이다. 흔히 빛이 낮이라는 시간을 지시하는 것을 염두에 둔다면 낮 속에서 눈을 감음으로써 밤의 세계에 눈을 뜨는 일이라고 해야 하지 않을까? 그리고 무슨 일이 일어나는가?

시인의 말에서 주로 묘사되고 있는 것은 아마도 빛 속에서 눈을 감을 때에만 보이는 그 붉고 푸른 윤곽들이다. 시인은 그 빛의 잔상들을 이렇게 묘사하고 있다. "선명한 가장자리를 가진 새들이 붉은 날개 퍼덕이고// 설익은 목덜미 꾸물거리며 벌레가 햇살 속으로 파랗게 기어간다". 빛의 잔영에 불과했던 것들이 새가 되어 퍼덕이거나 벌레가 되어 기어가는 것이다. 구체적인 이름과 행위를 부여받았기에 실체가 되어 어디론가 사라지는 것을 시인은 "햇빛을 등지고 서서 지켜본다". 마치 눈꺼풀의 위치에 서 있는 것처럼 눈꺼풀 바깥의 태양을 등지고 서 있는 것처럼 읽힌다. 그런데 어쩐 일일까. "오목렌즈 가장자리를 꺾여져" 빛이 지나가자 "벌레와 새들에게 후광이" 생겨난다. 마치 커튼처럼 외부로부터 내부를 분리해내는 듯했으나 실제로는 오목렌즈처럼 빛을 펼치고 있었던 것일까? 그렇게 '시인의 말'은 빛의 잔상에 불과했던 것들에게 이름과 행동을 주어 생동하게 만들고 마침내 입체를 부여하기에 이른다.

2. 장전裝塡된 구석

잔상이란 무엇인가. 삶에서 경험되기는 하지만 중요하게 기능한다기보다 일종의 잔여물처럼 생겨났다가 금방 잊히는 것이다. 명백히 삶을 이루는 요소이지만 그것은 빛의 '효과'로서만 존재한다. 그렇다면 이러한 잔상을 입체로 만들어 시적 중심으로 배치하는 일은 시를 읽거나 쓰지 않는 삶과는 어떤 연관을 가질까? 시 한 편이 물 한 잔이 하는 일과는 다르게, 그러나 여전히 삶에 기여한다면 어떻게 작용하는 것일까? 이 모든 질문들에 시인의 말은 몇 가지 실마리를 제공하는 듯하다. 낮의 빛 속에서 눈을 감되 그것은 빛을 차단하는 일이 아니라, 마치 오목렌즈처럼 더욱 빛을 정교하게 펼치기 위한 일이라는 것, 그 정교한 펼쳐짐 속에서 잔상은 이름과 행위, 입체를 얻게 된다는 것 등 말이다. 그런데 그것이 언제나 비어있던 공간을 배경으로 하고 있다는 점은 주목을 요한다.

구석은 사각형의 공간 중에서도 가장 활동하기 힘든 영역이기에, 방에 딱 들어맞도록 고안된 가구의 사각 모양이 아니고서는 실용성을 얻기 힘든 장소일 것이다. 그런데 이 시집의 1부를 여는 제목은 "구석은 구름처럼 생각이 많아서"
이다. 구석이 생각이 많은 것은 이러한 실용성으로부터 조
금 유리되어 있기 때문일까? 기능이 불분명한 존재는 사유
를 불러일으키는 계기로 작용하기 쉽다. 그런 이유로 '구석
들'이라는 제목의 연작으로 이루어진 열편의 시는 구석이라
는 장소를 오로지 시적 상상력을 통해 지속적으로 탐구함
으로써 그 공간의 가능성을 면밀히 확장해낸다. 놀라운 것
은 그러한 확장이 매우 다양하고 복합적으로 이루어진다는
점이다. 시집을 여는 첫 시 「구석들 1」의 경우, 구석이라는
비어있는 공간에는 벽돌이 올라가고 지붕을 이루고 담벼락
이 만들어진다. 그런데 이 딱딱한 물질성들의 형성이 곧이
어 죽은 새들이나 회색, 붉은색으로 변형되기도 하면서 이
구석의 건축은 유동적으로 변모한다. 비어 있던 것이 가득
차오르거나, 멈춰 있던 것이 이동하며, 차가운 것들이 따
뜻하게 바뀌는 것이다. 이런 상상력은 무엇을 기반으로 하
고 있을까?

사람들이 성냥개비처럼 흩어진다
자꾸만 흩어져 구석에 쌓인다
지하도 구석에서 건물 옥상 구석까지

막다른 골목길 구석은
달아날 곳 없고 찢을 것도 없다
긁힌 자리 진물 고이듯

이끼들끼리 모여 있다

바람이 제 그림자 물고 이끼들 밖으로 미끄러진다

…(중략)…

부서진 플라타너스들
맥박이 점점 빨라진다
구석에서 불어와
사람늘 다리에 붙여놓고 간다

구석이 모여 허공의 숨을 견딘다
총알이 구멍을 견디듯이
바람이 바깥을 버티듯이

—「구석들 2」부분

　구석이라는 단어를 떠올리면 바깥으로부터 차단된 실내의 방만을 떠올리기 쉽지만 이 시를 읽으면 한 단어에 대한 상투적 연상이 처음부터 제약되어 있었음을 알게 된다. 성냥개비처럼 흩어진 사람들이 "지하도 구석에서 건물 옥상 구석까지" 쌓이는 것으로 시작되기에 그 시작부터 이미 제한되고 고립된 것으로 이해하기 쉬운 '구석'에 대한 이미지에 정면으로 도전하면서 시작되기 때문이다. 지하에서 옥상까지의 높이 전체를 시적 공간으로 장악할 때 도드라지는 것은 성냥개비만큼 작아지고 사소해지는 사람들이다. 저 멀리서 조망하는 시적 시선은 첨탑이 "구름을 찌르"는 것에서부터 바람이 "처마끝 잡고/ 길고 날카로운 고드름"이 되는 것을 한꺼번에 바라본다. 이 역동적인 움직임을 바짝 뒤쫓으면서 마침내 바라보게 되는 것은 무엇인가. 이런 구절이 결정적이다. "총알이 구멍을 견디듯이". 이 시집에서 가장 인상적인 구절 중 하나이기도 했던 이 표현은, 아직 아무 일도 일어나지 않았지만 곧 금방이라도 총의 방아쇠가 당겨질 것 같은 팽팽한 긴장 속에서 오로지 총알만이 빠듯하게 통과하는 그 좁은 구멍 속에 도사리는 가능성이 장전되어 있다.

최윤정 시인의 「구석들」 연작시들의 맹아는 바로 이 지점에 있다. 시에서 가시적으로 나타나는 여러 비유들이나 표현, 역동적인 움직임에 집중하기 쉽지만 이 모든 활동들을 가능케 하는 최초의 계기는 비어 있음 그 자체다. 그러나 이것이 공허한 비어 있음이 아니라는 점이 중요하다. 총알은 엄밀히 말하면 총에게 갇혀 있다. 그러나 그것은 완벽한 감금이 아니라 이후 일어날 일들에 대한 예비의 상태이다. 촉발되기 직전의 임시적인 정지 상태일 뿐, 영원하고도 완벽한 감금은 아닌 것이다. 그러니 비어 있는 공간에서만 가능한 바람이 일어 플라타너스 잎을 사람들 다리에 붙여놓는 움직임을 묘사한 이후에 "구석이 모여 허공의 숨을 견딘다"는 구절이 이어지는 것에 주목하자. 구석들이라는 시적 공간은 마치 총 속의 총알처럼 허공의 숨을 견디고 있는 것이다. 무엇을 겨냥하고 있는 것일까? 든든하게 장전되었으나 아직은 아무 일도 일어나지 않고 조용하다. 그러나 이 조용함은 아주 작은 총알 하나가 세상을 가로지를 준비를 마치고 노려보는 작은 구멍의 긴장에 의해 직조된 것이라 읽어야 옳다.

3. 창문으로 난 길

물론 이 시집을 이루는 많은 시편들은 그러한 장전의 상태, 아직은 방아쇠를 당기기 전의 시간에 그 근간을 두고 있다. 가능성이라는 것은 언제나 발생을 예비하고만 있을 뿐 표면적으로는 '아직 발생되지 않음'의 상태이기에 아무 일도 일어나지 않을 것 같은 예감과 구분하기가 쉽지 않다. 아마 시를 읽고 쓴다는 것 역시 아무것도 달라지지 않으리라는 절망과 다만 아직 아닐 뿐이라는 확신 사이를 오가는 삶을, 시를 통해 원하는 쪽으로 이끌기 위한 것이 될 수도 있지 않을까? 그러나 이것은 질문일 뿐, 쉽게 답하지는 말자. 다만 한 가지 확실한 것이 있다면 우리가 매일 매순간 당면해야 하는 삶이라는 것은 이토록 난처한 것이라는 점이다. 마치 (이 시집의 2부 제목인) "뽑히지 않는 열쇠"와도 같다. 열쇠를 돌려 문을 열기는 했으나, 그 열쇠를 꺼낼 수 없다면 그 문은 닫히지 않는 문이 되어버린다. 열릴 때 열리고, 필요할 때는 잠글 수 있어야 문은 일상 속에서 제 기능을 해낼 수 있을 것이겠으나 뽑히지 않는 열쇠는 그 원활한 일상에 약간의 균열을 낸다. 그 균열의 자리에게서 시의 자리를 발견해낸다는 것은 무슨 뜻일까.

뿌리를 보여주지 않는다

문 없는 새장
흰 뼈만 앙상하게 이어져 있다

소녀의 손을 잡고
길가에 주저앉은 노파처럼

물통도 깃털 한 조각도 보이지 않는다
이승과 저승을 잇고 있는 길처럼

적막하게 구부러진 공기가
희부윰한 길과 길이 벌린 틈 안고 있다

        *

죽음이 선반 위에 놓여 있다
창가에 불 꺼진 초처럼

창문을 열고 길 나선다

비스듬히 기울어진 고개 들고
선인장이 모래빛 날개를 편다
가시가 없다

펼쳐진 적막과 적막 사이에서
뭉게구름이 된다
새장에 머물던 길처럼
실핏줄 푸르게 번져가는 층계 너머
공기의 틈 비집고 공중사막을 걸어간다
—「삼각형 퀼트 1」부분

　뽑히지 않는 열쇠가 지나치게 맞물림으로써 꼼짝달싹 못
하게 된 상황이라면 퀼트 역시 조각난 원단들이 정교하게
맞물리며 고유의 패턴을 만들어낸다는 점에서 맞물림과 정
지의 이미지가 교차된다. 그래서 이 시는 퀼트를 두고 "문
없는 새장"이라고 비유하고 있을 것이다. 그런데 다음의 비
유는 무엇인가. "소녀의 손을 잡고/ 길가에 주저앉은 노파
처럼// 물통도 깃털 한 조각도 보이지 않는다". 여기엔 어
떤 생활도 존재하지 않는다. 물통이 있어야 물을 마실 것이
며, 남아 있는 깃털이야말로 새가 새장 속에 살아 있다는 증
거가 아니겠는가. 새장이되 어떤 새도 살지 않는 새장인 것
이다. 시는 이를 다시 한 번 "이승과 저승을 잇고 있는 길처
럼"이라고 강조한다. 그런데 이승과 저승을 잇는 길이란 무
엇인가? 이승도 저승도 아니지만 동시에 이승이기도 하고

저승이기도 한 곳이 아닐까? 그곳은 총의 구멍과 구석처럼 비어 있어서 "적막하게 구부러진 공기가/ 희부윰한 길과 길이 벌린 틈 안고 있다".

최윤정의 시는 빛 속에서 눈을 감는 일에서부터 시작하여 장전된 총알이 구멍을 견디는 일, 뽑히지 않는 열쇠에 이르기까지 일상적 영역에 잠시 균열이 나거나 정지되는 순간 속에서 시적 영역을 발견한다고 썼다. 그런데 「삼각형 퀼트 1」은 그러한 영역을 죽음에 대한 성찰을 예비하는 영역으로 확장한다는 점에서 중요하다. "죽음이 선반 위에 놓여 있다/ 창가에 꺼진 초처럼". 이 구절에서 흥미로운 것은 죽음을 "창가에 불 꺼진 초"에 비유하면서 마치 일상적인 사물처럼 물끄러미 바라보는 태도다. 퀼트와 새장을 겹쳐놓는 것처럼 죽음을 불 꺼진 초에 비유하는 일은 죽음이 유난스러운 비일상적 사건이 아니라 사실은 일상 곳곳 폐부까지 깊숙하게 잠식되어 있다는 것을 전제한다. 어떤 놀라움이나 경악은 낯선 것의 출현을 목격한 자의 반응이다. 그러나 이 태연한 태도는 죽음이 매일의 물 한 잔만큼이나 평범하게 일상을 구성하고 있었음을 이해하고 있다. 이 때문에 "창문을 열고 길 나선다"와 같은 구절의 태연함이 가능하다. 문이 아니라 창문을 통해 나서는 길이란 무엇인가. 그것이야말로 시집의 제목인 『공중산책』을 나서는 길이 아니겠는가? 시집 전체를 관통하며 반복적으로 등장하는 '허공' 혹은 '공중'이라는 시적 공간은 외따로 부유하는 추상적 공간이 아니라 구체적인 실내의 창문을 문처럼 열고 나설 때에야 가능한 독특한 영역이라 할 수 있다. 그곳은 가시 없는 선인장이 "모래빛 날개"를 펴는 곳이며 "펼쳐진 적막과 적막 사이에서/ 뭉게구름이" 되는 곳이다. 화자는 "실핏줄 푸르게 번져가는 층계 너머/ 공기의 틈 비집고 공중사막을 걸어간다".

그런데 대체 이 '공중'이라는 곳은 정확히 어떤 공간인가? 이 시는 그것이 '잠'과 연관된다는 것을 암시한다. 시의 마지막 부분은 천 조각들을 바늘로 잇는 과정을 묘사하고 있는데 그 반복되는 행위 속에서 바늘로 암시되는 선인장 가시의 손길은 다정해서 마치 잠을 매만지는 것 같다고 이해된다. "죽음이 색과 무늬로 세상 모든/ 직선을 곡선으로 바꾸듯"이라는 구절은 의미심장하다. 어째서 죽음의 세계는 일상보다 더욱 평온하고 아름답게 그려지는가. "담장에 기대고 잠든 노파와 소녀가/ 곡선의 날갯짓으로 다가가서 다감하듯// 색과 무늬로/ 적막의 틈 메우고 있"는 것이다. 어쩌면 일상 사이의 균열의 세계, 도저히 합치되지도 봉합될 수도 없는 틈으로 난 길을 꾸준히 오래 걸을 때에만 만날 수 있는 곳만이 공중이자 허공이며 그곳에서는 잠시나마 상상적으로 무섭게 비어있는 틈이 알록달록 메워지는 것일까?

4. 밤의 불가능성

그렇다고는 할 수 없을 것이다. 왜냐하면 세모가 모여 동그라미가 된다고 한들 바느질 자국은 선명하게 남아 있으며 낱낱의 조각들을 이어 붙였다는 사실이 결코 함구되지 않기 때문일 것이다. 오히려 그 틈의 존재를 선명하게 부각시키면서 그 틈이 오히려 낯설고도 새로운 가능성으로 활용되고 있다는 것이 더욱 중요하다. 이 시집에서 반복적으로 등장하는 시적 대상 중 하나는 바로 '귀'다. 귓속으로 씨앗이 떨어져 들어가기도 하고(『오늘은 뜀틀을 넘을 수 있을까?』), 상냥한 대상을 만나자 가장 먼저 가까이 다가가는 것 역시 귀의 존재이며(『소행성 3』), 왼쪽에서 울던 매미 떼 소리 때문에 왼쪽 너머로 떠밀려나기도 한다(『이석증』). 그런데 이렇게 반복하여 등장하는 귀의 존재는 잘 뽑히지 않는 열쇠처럼 일상의 균열을 표지하고 있다.

「귀는 손을 먼저 재우고」에서는 고단한 하루를 마치고 새벽 한 시 반에 누워 잠을 청하는데 "수고로운 손이 가장 먼저 잠들고/ 귀는 오늘도 가장 늦게 잠"든다. 새벽 한 시까지 설거지를 해야 했던 손이 일상의 세계에 가장 깊숙하게 안착되어 있는 몸의 일부라면, 잠을 기다리고 있는 낮과 밤 그 중간의 시간에서 홀로 잠들지 못하고 뒤척이는 존재인 것이다. 이는 귀가 '뽑히지 않는 열쇠'가 놓이는 층위와 동일함을 보여준다. 그 시간은 "사람들과 어제 주고받았던/ 몇 개의 거짓말과/ 몇 줄의 반성이 펼쳐"지는 시간이기도 하고 "거짓말과 반성"이 일어나는 시간이기도 하다. 낮에는 미처 듣지 못했던 것을 곱씹어 듣는 시간인 것이다. 그것은 겨우 잠든 시간 속에서도 여전히 작동하고 있다.

예고 없이 사라지는 것들로부터
빨갛고 작은 두드러기는 온다

슬픔과 비명 소리
비명이 묻히고 간 피를 기억해내며
공중에서 잠을 깰 때가 있다

수면 주사를 받고
위내시경 검사를 받고
지키지 못했던 약속늘을 떠올리며
잠에서 깨어났다
기억의 구석은 볕이 들지 않아
까맣게 묻히거나 비어 있었다

…(중략)…

슬픔이나 비명 소리 같은 것들은
구석에서 뻗어나온 거미줄로 남아
감각 없이 바람에 날린다
　　　　　　　　　　　—「잠에서 깨어나」 부분

　공중의 잠 속에서도 "슬픔과 비명 소리/ 비명이 묻히고
간 피"가 떠올라 소스라치며 잠에서 깨는 밤이 있다. 겨우
잠든 와중에서도 귀만은 잠들지 않아서 끝내 고통스러워하

는 목소리를 듣고 마는 까닭이다. 「구석들」의 연작을 이미 곱씹어 읽은 독자라면 "기억의 구석은 볕이 들지 않아/ 까맣게 묻히거나 비어 있었다"는 구절이 인상 깊을 것이다. 「구석들」 연작은 볕이 들지 않는 곳, 까맣게 묻히거나 비어 있었던 영역에서만 가능한 것들의 시적인 탐구였던 것이다. 그 탐구 덕분에 "구석에서 뻗어나온 거미줄"이 가능하다. "감각 없이 바람에 날"리는 슬픔과 비명 소리를 묵묵히 지켜보는 것이 전부인 마음은 어떤 것일까. "동상에 발가락 잘려나간 당신이/ 남은 발가락 문지르듯/ 남은 날들 문지르다/ 구석처럼 가슴 먹먹해질 때" 알게 되는 것은 우리의 삶에 결코 완전한 밤이란 허락되지 않는다는 점이다. 잠든 와중에서도 듣지 않을 수 없는 것들이 있어 깨어나지 않을 수 없는 것처럼 말이다.

시인의 말을 다시 읽는다. 햇빛 속에서 눈을 감을 때, 그것은 낮의 빛 속에서 눈을 감는 자가 아니라 살아 있는 동안은 모든 순간이 낮임을, 결코 어떤 밤도 허용되지 않음을 알고 있었던 것이리라. 어쩌면 이제야 물 한 잔처럼 시 한 편이 무엇을 할 수 있는지 잠정적이나마 대답할 준비가 되었는지도 모르겠다. 깊이 잠들고 싶어도 들려오는 것들이 있으니 그 조각난 것들을 마치 퀼트처럼 문장의 바늘로 이어붙이고 받아쓰며 세모들을 둥글게 만들어내는 일이 아니겠는가. 이미 일어난 일들 속에서 후회와 반성, 지키지 못한 약속들을 끝내 잊지 못하고 앓는 자들만이 시를 읽고 쓰지 않을 수 없는 자들일 것이다. 그러니 어찌 시 한 편이 물

한 잔보다 무용하다 하겠는가. 물 한 잔이 몸 속 깊숙하게
퍼져나가며 우리가 살아갈 시간을 조금 더 얻게 하듯이, 시
한 편은 바로잡아야 하는 과오들을 다시 한 번 살게 하면서
빛 속에서 옳게 살아가도록 우리를 이끈다. 그것은 비록 슬
픔과 비명 소리와 함께 살아가야 하므로 힘겨운 일이겠으나
시의 일이리라 믿는다.